CW00400832

Pour mes parents

Première édition dans la collection lutin poche : mai 2005

Loi numéro 49 956 du 16 juillet 1949 sur les publications
destinées à la jeunesse : décembre 2003
Dépôt légal : octobre 2006
Imprimé en France par Clerc à Saint-Amand-Montrond

Anne-Catherine De Boel

ALBA

lutin poche de l'école des loisirs

11, rue de Sèvres, Paris 6e

Alba a cinq ans aujourd'hui.
Elle est assise sur une pierre devant la maison et elle attend.
Elle regarde les fourmis qui s'affairent à ses pieds et
qui chargent des grains de riz tombés de son bol.

- Bonjour, Alba, dit une toute petite voix.
- Oh, tu parles ? Tu connais mon nom !
- C'est ton papa qui nous a parlé de toi.
- Papa ? Vous savez, vous, où il est allé ?
- Il est passé près de nous comme un souffle de vent frais.

Il nous a dit qu'il voulait voir la forêt.

- Alors, il y est peut-être encore ! Merci les fourmis !

Et Alba s'en fut en trottinant vers les grands arbres.

Elle suivait la piste depuis un long moment
quand elle entendit farfouiller dans les branchages.
Elle se retrouva nez à nez avec un éléphant.
- Bonjour, petite, tu dois être Alba ?
- Oui, Monsieur. Je... je cherche mon papa.

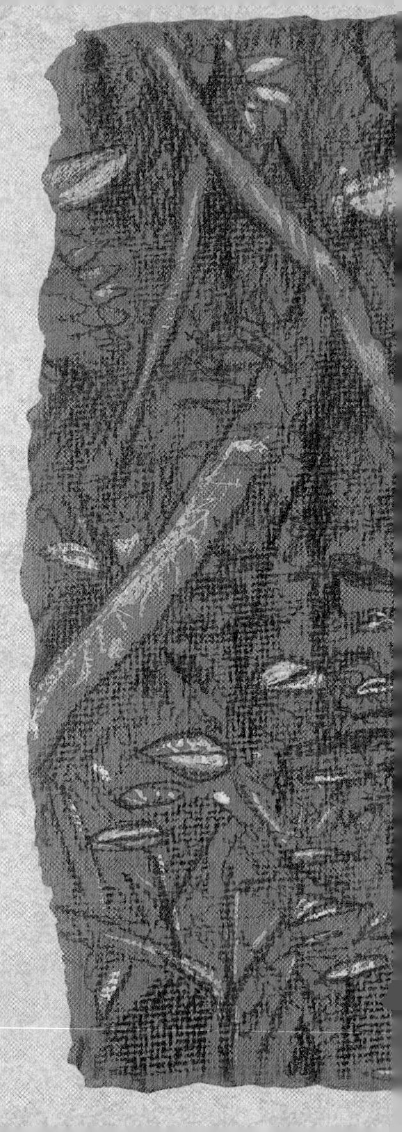

- Il est passé me voir. Je crois qu'il allait vers le lac.
J'en suis même sûr puisque je l'y ai emmené.
D'ailleurs, je t'y emmène, toi aussi.
Et avant qu'Alba ait pu prononcer un mot, l'éléphant
la saisit avec sa trompe, la déposa sur sa tête et
se mit à courir en renversant tout sur son passage.

Quand ils arrivèrent au lac, Alba était tout étourdie par cette folle chevauchée. L'éléphant la fit glisser le long de sa trompe qu'il agita ensuite à l'intention des petits habitants des lieux. Puis il s'en retourna cahin-caha vers les grands arbres.

Alba s'approcha de l'eau et dit en souriant :
- Bonjour, les grenouilles !
- Bonjour, Alba ! coassèrent en chœur les grenouilles.
Sois la bienvenue en notre demeure !
Alba se dit que c'étaient là des grenouilles bien polies.
- On m'a dit que mon papa était venu ici.
- Oui, il a nagé avec nous toute la journée !
- Il n'était pas triste ?
- Oh non, il a ri et chanté jusqu'au soir. On s'est bien amusés !

Alba ne sait plus trop que penser... Pourquoi Papa ne l'a-t-il pas emmenée avec lui ? Pourquoi ne lui a-t-il rien dit ? Elle s'assied songeuse et un peu triste, les pieds dans l'eau.
- Quand il est parti, il a dit qu'il allait voir les plaines, ajoute une grenouille. Puis elle plonge, suivie par toutes les autres.

Alba partit vers les plaines. Il y avait là un troupeau de zèbres
très occupés à brouter l'herbe si tendre après les pluies.
Les oreilles dressées, une femelle regardait s'approcher la fillette.

- Bonjour, Alba, lui dit-elle tout doucement.
- Bonjour, Madame.

Est-ce que vous auriez vu mon papa par ici ?

- Oui. Il a galopé sur mon dos toute la journée.
- Et il n'était pas triste ?
- Oh non, il a ri et chanté jusqu'au soir.

Puis il est parti avec les girafes.

- Avec les girafes ?
- Va donc leur parler. Elles sont là-bas,

dit la femelle avant de s'éloigner au galop.

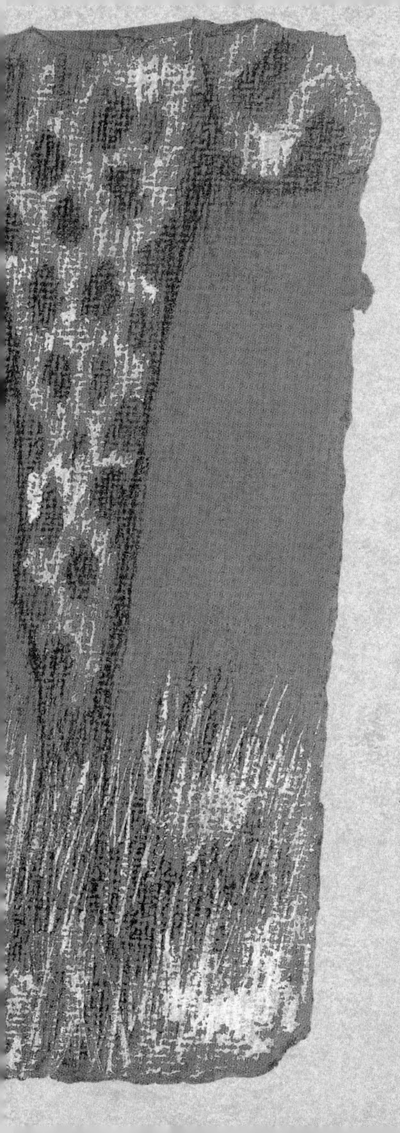

Alba rejoignit le petit groupe de girafes
et s'adressa à la plus grande d'entre elles.
- Dis, girafe, je cherche mon papa. Il était avec vous hier ?
- Oui, il était avec nous. Et tu sais quoi ? Il voulait voir le ciel !
Alors, il a grimpé sur mon cou et il est monté si haut,
si haut dans le ciel qu'il a dû lui pousser des ailes...

Alba se dit que le ciel est bien trop grand pour elle.
Elle s'assied dans l'herbe.
- Je vais attendre ici qu'il revienne.
- Alba, ton papa est parti très loin, trop loin pour revenir.
Mais regarde...
La petite fille se hisse sur le cou de la girafe.

Alors, Alba vit courir les zèbres dans la plaine, et leur galop faisait trembler la terre. Elle entendit barrir les éléphants et leurs cris firent s'envoler des milliers d'oiseaux. Elle entendit chanter les grenouilles et les cigales. Et elle se dit que c'était là le plus beau cadeau de la terre.